是訓采獲舊聞考述詩書而其文則職方氏可尋源而按者其中錯綜天地點綴宇宙如畫史矣

淮南鴻烈解卷四

墬形訓

墬形之所載六合之間四極之內昭之以日月經之以星辰紀之以四時要之以太歲天地之間九州八極土有九山山有九塞澤有九藪風有八等水有六品何謂九州東南神州曰農土正南次州曰沃土西南戎州曰滔土正西弇州曰并土正中冀州曰中土西北台州曰肥土正北濟州曰成土東北薄州曰隱土正東陽州曰申土何謂九山會稽泰山王屋首山

總計四海道里覽者覺有恭米世界之意

太華岐山太行羊腸孟門何謂九塞曰太汾澠阨荊阮方城殽阪井陘令疵句注居庸何謂九藪曰越之具區楚之雲夢秦之陽紆晉之大陸鄭之圃田宋之孟諸齊之海隅趙之鉅鹿燕之昭余何謂八風東北曰炎風東方曰條風東南曰景風南方曰巨風西南曰涼風西方曰飂風西北曰麗風北方曰寒風何謂六水曰河水赤水遼水黑水江水淮水闔四海之內東西二萬八千里南北二萬六千里水道八千里通谷其名川六百陸徑三千里禹乃使太章步自東極

九州之外有八殥八紘八極即騶衍所稱中國於天下八十分居其一分之說

乃維上天登之乃神是謂太帝之居扶木在陽州日之所曊建木在都廣衆帝所自上下日中無景呼而無響蓋天地之中也若木在建木西末有十日其華照下地九州之大純方千里九州之外乃有八殥亦方千里自東北方曰大澤曰無通東方曰大渚曰少海東南方曰具區曰元澤南方曰大夢曰浩澤西南方曰渚資曰丹澤西方曰九區曰泉澤西北方曰大夏曰海澤北方曰大冥曰寒澤凡八殥八澤之雲是雨九州八殥之外而有八紘亦方千里自東北方曰

和丘曰荒土東方曰棘林曰桑野東南方曰大窮曰衆女南方曰都廣曰反戸西南方曰焦僥曰炎土西方曰金丘曰沃野西北方曰一目曰沙所北方曰積冰曰委羽凡八紘之氣是出寒暑以合八正必以風雨八紘之外乃有八極自東北方曰方土之山曰蒼門東方曰東極之山曰開明之門東南方曰波母之山曰陽門南方曰南極之山曰暑門西南方曰編駒之山曰白門西方曰西極之山曰閶闔之門西北方曰不周之山曰幽都之門北方曰北極之山曰寒門

諸方物產之美皆八紘八殥八極雲雨所生

東西爲緯四向此地形之脉絡處

凡八極之雲是雨天下八門之風是節寒暑八紘八殥八澤之雲以雨九州而和中土東方之美者有醫母閭之珣玗琪焉東南方之美者有會稽之竹箭焉南方之美者有梁山之犀象焉西南方之美者有華山之金石焉西方之美者有霍山之珠玉焉西北方之美者有崑崙之球琳琅玕焉北方之美者有幽都之筋角焉東北方之美者有斥山之文皮焉中央之美者有岱嶽以生五穀桑麻魚鹽出焉凡地形東西爲緯南北爲經山爲積德川爲積刑高者爲生下者

爲死丘陵爲牡谿谷爲牝水圓折者有珠方折者有玉清水有黃金龍淵有玉英土地各以其類生是故山氣多男澤氣多女障氣多喑風氣多聾林氣多癃木氣多傴岸下氣多腫石氣多力險阻氣多癭暑氣多夭寒氣多壽谷氣多痺丘氣多狂衍氣多仁陵氣多貪輕土多利重土多遲清水音小濁水音大湍水人輕遲水人重中土多聖人皆象其氣皆應其類故南方有不死之草北方有不釋之冰東方有君子之國西方有形殘之尸寢居直夢人死爲鬼磁石上飛

前山氣多男一段單說人類此則合天地之跂行蟯息者悉可概見

奇偶之數應前昭之以日月四句

雲母來水土龍致雨燕鴈代飛蛤蟹珠龜與月盛衰
是故堅土人剛弱土人肥壚土人大沙土人細息土
人美耗土人醜食水者善游能寒食土者無心而慧
食木者多力而奰食草者善走而愚食葉者有絲而
蛾食肉者勇敢而悍食氣者神明而壽食穀者知慧
而夭不食者不死而神凡人民禽獸萬物貞蟲各有
以生或奇或偶或飛或走莫知其情唯知通道者能
原本之天一地二人三三三而九九九八十一一主
日日數十日主人人故十月而生八九七十二二主

偶偶以成奇奇主辰辰主月月主馬馬故十二月而
生七九六十三三主斗斗主犬犬故三月而生六九
五十四四主時時主彘彘故四月而生五九四十五
五主音音主猨猨故五月而生四九三十六六主律
律主麋鹿麋鹿故六月而生三九二十七七主星星
主虎虎故七月而生二九十八八主風風主蟲蟲故
八月而化鳥魚皆生於陰陰屬於陽故鳥魚皆卵生
魚游於水鳥飛於雲故立冬燕雀入海化爲蛤萬物
之生而各異類蠶食而不飲蟬飲而不食蜉蝣不飲

模擬五方民生物產可綴禹貢

不食介鱗者夏食而冬蟄齕吞者八竅而卵生嚼咽者九竅而胎生四足者無羽翼戴角者無上齒無角者膏而無前有角者指而無後晝生者類父夜生者似母至陰生牝至陽生牡夫熊羆蟄藏飛鳥時移是故白水宜玉黑水宜砥青水宜碧赤水宜丹黃水宜金清水宜龜汾水濛濁而宜麻濟水通和而宜麥河水中濁而宜菽雒水輕利而宜禾渭水多力而宜黍漢水重安而宜竹江水肥仁而宜稻平土之人慧而宜五穀

東方川谷之所注日月之所出其人兊形小頭隆鼻大口鳶肩企行竅通於目筋氣屬焉蒼色主肝長大早知而不壽其地宜麥多虎豹

南方陽氣之所積暑濕居之其人修形兊上大口決眦竅通於耳血脉屬焉赤色主心早壯而夭其地宜稻多兕象

西方高土川谷出焉日月入焉其人面末僂修頸卬行竅通於鼻皮革屬焉白色主肺勇敢不仁其地宜黍多旄犀

五行之生各歸於本可見物極則反非獨人為蓋亦天道

北方幽晦不明天之所閉也寒水之所積也蟄蟲之所伏也其人翁形短頸大肩下尻竅通於陰骨幹屬焉黑色主腎其人惷愚禽獸而壽其地宜菽多犬馬中央四達風氣之所通雨露之所會也其人大面短頤美鬚惡肥竅通於口膚肉屬焉黄色主胃慧聖而好治其地宜禾多牛羊及六畜木勝土土勝水水勝火火勝金金勝木故禾春生秋死菽夏生冬死麥秋生夏死薺冬生中夏死木壯水老火生金囚土死火壯木老土生水囚金死土壯火老金生木囚水死金

壯土老水生火囚木死水壯金老木生土囚火死音有五聲宮其主也色有五章黄其主也味有五變甘其主也位有五材土其主也是故鍊土生木鍊木生火鍊火生雲鍊雲生水鍊水反土鍊甘生酸鍊酸生辛鍊辛生苦鍊苦生鹹鍊鹹反甘變宮生徵變徵生商變商生羽變羽生角變角生宮是故以水和土以土和火以火化金以金治木木復反土五行相治所以成器用

凡海外三十六國自西北至西南方有修股民天民

三十六國之民其形大異五方海外風氣之外如此

肅慎民白民沃民女子民丈夫民奇股民一臂民三身民自西南至東南方結胷民羽民讙頭國民裸國民三苗民交股民不死民穿胷民反舌民豕喙民鑿齒民三頭民修臂民自東南至東北方有大人國君子國黑齒民玄股民毛民勞民自東北至西北方有跂踵民句嬰民深目民無腸民柔利民一目民無繼民雒棠武人在西北陬硥魚在其南有神二人連臂爲帝候夜在其西南方三珠樹在其東北方有玉樹在赤水之上崑崙華丘在其東南方爰有遺玉青

馬視肉楊桃甘樝甘華百果所生和丘在其東北陬三桑無枝在其西夸父耽耳在其北方夸父棄其策是爲鄧林昆吾丘在南方軒轅丘在西方巫咸在其北方立登保之山暘谷搏桑在東方有娀在不周之北長女簡翟少女建疵西王母在流沙之瀕樂民拏閭在崑崙弱水之洲三危在樂民西宵明燭光在河洲所照方千里龍門在河淵湍池在崑崙玄燿不周申池在海隅孟諸在沛少室太室在冀州燭龍在鴈門北蔽於委羽之山不見日其神人面龍身而無足

后稷壠在建木西其人死復蘇其半魚在其間流黃沃民在其北方三百里狗國在其東雷澤有神龍身人頭鼓其腹而熙江出岷山東流絕漢入海左還北流至於開母之北右還東流至於東極河出積石睢出荊山淮出桐栢山睢出羽山清漳出楬戾濁漳出發包濟出王屋時泗沂出臺台術洛出獵山汶出弗其流合於濟漢出嶓冢涇出薄落之山渭出鳥鼠同穴伊出上魏雒出熊耳浚出華竅維出覆舟汾出燕京衽出濆熊淄出目飴丹水出高褚股出嶕山鎬出

鮮于涼出茅盧石梁汝出猛山淇出大號晉出龍山結給合出封羊遼出砥石釜出景岐出石橋呼池出魯平泥塗淵出橘山維濕北流出於燕

諸稽攝提條風之所生也通視明庶風之所生也赤奮若清明風之所生也共工景風之所生也諸比涼風之所生也臯稽閶闔風之所生也隅強不周風之所生也窮奇廣莫風之所生也寔生海人海人生若菌若菌生聖人聖人生庶人凡容者生於庶人羽嘉生飛龍飛龍生鳳凰鳳凰生鸞鳥鸞鳥生庶鳥凡羽

容羽毛鱗介五類俱由無情而之有情相代謝而盛

五土之氣上御乎天而及陰陽相薄為雷電則復下而合於海此五行之精化生既極而歸藏其宅也

者生於庶鳥毛犢生應龍應龍生建馬建馬生麒麟麒麟生庶獸凡毛者生於庶獸介鱗生蛟龍蛟龍生鯤鯁鯤鯁生建邪建邪生庶魚凡鱗者生於庶魚介潭生先龍先龍生玄黿玄黿生靈龜靈龜生庶龜凡介者生於庶龜煖濕生容煖濕生於毛風毛風生於濕玄濕玄生羽風羽風生煗介煗介生鱗薄鱗薄生煖介五類雜種興乎外肖形而蕃日馮生陽閼陽閼生喬如喬如生幹木幹木生庶木凡根拔木者生於庶木根拔生程若程若生玄玉玄玉生醴泉醴泉生

皇辜皇辜生庶草凡根茇草者生於庶草海閭生屈龍屈龍生容華容華生蔈蔈生萍藻萍藻生浮草凡浮生不根茇者生於萍藻正土之氣也御乎埃天埃天五百歲生缺缺五百歲生黃埃黃埃五百歲生黃澒黃澒五百歲生黃金黃金千歲生黃龍黃龍入藏生黃泉黃泉之埃上爲黃雲陰陽相薄爲雷激揚爲電上者就下流水就通而合於黃海偏土之氣御乎清天清天八百歲生青曾青曾八百歲生青澒青澒八百歲生青金青金八百歲生青龍青龍入藏生清泉清

泉之埃上爲青雲陰陽相薄爲雲雷激揚爲電上者就下流水就通而合於青海壯土之氣御於赤天赤天七百歲生赤丹赤丹七百歲生赤澒赤澒七百歲生赤金赤金千歲生赤龍赤龍入藏生赤泉赤泉之埃上爲赤雲陰陽相薄爲雷激揚爲電上者就下流水就通而合於赤海弱土之氣御於白天白天九百歲生白礜白礜九百歲生白澒白澒九百歲生白金白金千歲生白龍白龍入藏生白泉白泉之埃上爲白雲陰陽相薄爲雷激揚爲電上者就下流水就通

而合於白海牝土之氣御於玄天玄天六百歲生玄砥玄砥六百歲生玄澒玄澒六百歲生玄金玄金千歲生玄龍玄龍入藏生玄泉玄泉之埃上爲玄雲陰陽相薄爲雷激揚爲電上者就下流水就通而合於玄海。

賓王曰叙地形井井終歸知道

大較從呂覽
中撮其要竄
其煩至後五
位六合六度
乃其所創撰
而綴之者

天子四時所
尚之色俱從
五行其出令
亦如之

順木德而尚
仁恩
孟春行夏令
此巳火之氣
所泄行秋令
此申金之氣
所傷行冬令
此亥水之氣
所淫

淮南鴻烈解卷五

時則訓

孟春之月招摇指寅昏參中旦尾中其位東方其日甲乙盛德在木其蟲鱗其音角律中太蔟其數八其味酸其臭羶其祀戶祭先脾東風解凍蟄蟲始振蘇魚上負冰獺祭魚候鴈北天子衣青衣乘蒼龍服蒼玉建青旗食麥與羊服八風水爨萁燧火東宮御女青色衣青采鼓琴瑟其兵矛其畜羊朝於青陽左个以出春令布德施惠行慶賞省徭賦立春之日天子

親率三公九卿大夫以迎歲於東郊修除祠位幣禱鬼神犧牲用牡禁伐木毋覆巢殺胎夭毋麛毋卵毋聚衆置城郭掩骼薶骴孟春行夏令則風雨不時草木早落國乃有恐行秋令則其民大疫飄風暴雨總至藜莠蓬蒿並興行冬令則水潦爲敗雨霜大雹首稼不入正月官司空其樹楊仲春之月招摇指卯昏弧中旦建星中其位東方其日甲乙其蟲鱗其音角律中夾鍾其數八其味酸其臭羶其祀戶祭先脾始雨水桃李始華蒼庚鳴鷹化爲鳩天子衣青衣乘蒼

仲春行秋令此酉金之氣所傷行冬令子水之氣所淫行夏令午火之氣所泄

龍服蒼玉建青旗食麥與羊服八風水爨萁燧火東宮御女青色衣青采鼓琴瑟其兵矛其畜羊朝於青陽大廟命有司省囹圄去桎梏毋笞掠止獄訟養幼小存孤獨以通句萌擇元日令民社是月也日夜分雷始發聲蟄蟲咸動蘇先雷三日振鐸以令於兆民曰雷且發聲有不戒其容止者生子不備必有凶災令官市同度量鈞衡石角斗稱端權槩毋竭川澤毋漉陂池毋焚山林毋作大事以防農功祭不用犧牲用圭璧更皮幣仲春行秋令則其國大水寒氣總至

寇戎來征行冬令則陽氣不勝麥乃不熟民多相殘行夏令則其國大旱煖氣早來蟲螟爲害二月官倉其樹杏季春之月招搖指辰昏七星中旦牽牛中其位東方其日甲乙其蟲鱗其音角律中姑洗其數八其味酸其臭羶其祀戶祭先脾桐始華田鼠化爲鴽虹始見萍始生天子衣青衣乘蒼龍服蒼玉建青旗食麥與羊服八風水爨萁燧火東宮御女青色衣青采鼓琴瑟其兵矛其畜羊朝於青陽右个舟牧覆舟伍覆五反乃言具於天子天子焉始乘舟薦鮪於寢

季春行冬令丑土之氣所應行夏令未土之氣所應行秋令戌土之氣所應

廟乃爲麥祈實是月也生氣方盛陽氣發泄句者畢出萌者盡達不可以內天子命有司發囷倉助貧窮振乏絕開府庫出幣帛使諸侯聘名士禮賢者命司空時雨將降下水上騰循行國邑周視原野修利隄防導通溝瀆達路除道從國始至境止田獵畢弋罝罘羅罔餧毒之藥毋出九門乃禁野虞毋伐桑柘鳴鳩奮其羽戴鵀降於桑具撲曲筥筐后妃齋戒東鄉親桑省婦使勸蠶事命五庫令百工審金鐵皮革筋角箭榦脂膠丹漆無有不良擇下旬吉日大合樂致

歡欣乃合纍牛騰馬游牝於牧令國儺九門磔攘以畢春氣行是月令甘雨至三旬季春行冬令則寒氣時發草木皆肅國有大恐行夏令則民多疾疫時雨不降山陵不登行秋令則天多沈陰淫雨早降兵革並起三月官鄉其樹李孟夏之月招搖指巳昏翼中旦婺女中其位南方其日丙丁盛德在火其蟲羽其音徵律中仲呂其數七其味苦其臭焦其祀竈祭先肺螻蟈鳴丘蚓出王瓜生苦菜秀天子衣赤衣乘赤騮服赤玉建赤旗食菽與雞服八風水爨柘燧火南

順火德而尚長養

孟夏行秋令申金之氣所泄行冬令亥水之氣所傷

行春令寅木之氣所淫

宮御女赤色衣赤采吹竽笙其兵戟其畜雞朝於明堂左个以出夏令立夏之日天子親率三公九卿大夫以迎歲於南郊還乃賞賜封諸侯修禮樂饗左右命太尉贊俊傑選賢良舉孝悌行爵出祿佐天長養繼修增高無有隳壞毋興土功毋伐大樹令野虞行田原勸農事驅獸畜勿令害穀天子以彘嘗麥先薦寢廟聚畜百藥靡草死麥秋至決小罪斷薄刑孟夏行秋令則苦雨數來五穀不滋四鄙入保行冬令則草木早枯後乃大水敗壞城郭行春令則螽蝗為敗

暴風來格秀草不實四月官田其樹桃仲夏之月招搖指午昏亢中旦危中其位南方其日丙丁其蟲羽其音徵律中蕤賓其數七其味苦其臭焦其祀竈祭先肺小暑至螳蜋生鵙始鳴反舌無聲天子衣赤衣乘赤騮服赤玉載赤旗食菽與雞服八風水爨柘燧火南宮御女赤色衣赤采吹竽笙其兵戟其畜雞朝於明堂太廟命樂師修鞀鞞琴瑟管簫調竽篪飾鍾磬執干戚戈羽命有司為民祈祀山川百源大雩帝用盛樂天子以雛嘗黍羞以含桃先薦寢廟禁民無

仲夏行冬令子水之氣所傷行春令卯木之氣所淫行秋令酉金之氣所泄

四時中惟季夏與孟夏仲夏不相叶蓋戊己寄旺於中央而此月爲陽消陰長之會故天子所尚之色亦從而變順土德而尚蓄藏

刈藍以染毋燒灰毋暴布門閭無閉關市無索挺重囚益其食存鰥寡振死事游牝別其羣執騰駒班馬政日長至陰陽爭死生分君子齋戒愼身無躁節聲色薄滋味百官靜事無徑以定晏陰之所成麋角解蟬始鳴半夏生木堇榮禁民無發火可以居高明遠眺望登丘陵處臺榭仲夏行冬令則雹霰傷穀道路不通暴兵至行春令則五穀不熟百螣時起其國乃饑行秋令則草木零落果實蚤成民殃於疫五月官相其樹楡季夏之月招搖指未昏心中旦奎中其位

中央其日戊己盛德在土其蟲蠃其音宮律中百鐘其數五其味甘其臭香其祀中霤祭先心涼風始至蟋蟀居奧鷹乃學習腐草化爲蚈天子衣苑黃乘黃駵服黃玉建黃旗食稷與牛服八風水爨柘燧火中宮御女黃色衣黃采其兵劍其畜牛朝於中宮乃命漁人伐蛟取鼉登龜取黿令滂人入材葦命四監大夫令百縣之秩芻以養犧牲以供皇天上帝名山大川四方之神宗廟社稷爲民祈福行惠令弔死問疾存視長老行稃鬻厚席蓐以送萬物歸也命婦官染

季夏行春令辰土之氣所應行秋令戌土之氣所應行冬令丑土之氣所應

順金德而尚斷制

采黼黻文章青黃白黑莫不質良以給宗廟之服必宣以明是月也樹木方盛勿敢斬伐不可以合諸侯起土功動衆興兵必有天殃土潤溽暑大雨時行利以殺草糞田疇以肥土壃季夏行春令則穀實解落多風欬民乃遷徙行秋令則丘隰水潦稼穡不熟乃多女災行冬令則風寒不時鷹隼蚤摯四鄙入保六月官少內其樹梓孟秋之月招搖指申昬斗中旦畢中其位西方其日庚辛盛德在金其蟲毛其音商律中夷則其數九其味辛其臭腥其祀門祭先肝涼風

至白露降寒蟬鳴鷹乃祭鳥用始行戮天子衣白衣乘白駱服白玉建白旗食麻與犬服八風水爨柘燧火西宮御女白色衣白采撞白鐘其兵戈其畜狗朝於總章左个以出秋令求不孝不悌戮暴傲悍而罰之以助損氣立秋之日天子親率三公九卿大夫以迎秋於西郊還乃賞軍率武人於朝命將率選卒厲兵簡練桀俊專任有功以征不義詰誅暴慢順彼四方命有司修法制繕囹圄禁姦塞邪審決獄平詞訟天地始肅不可以贏是月農始升穀天子嘗新先薦

寢廟命百官始收斂完隄防謹障塞以備水潦修城
郭繕宮室毋以封侯立大官行重幣出大使行是月
令涼風至三旬孟秋行冬令則陰氣大勝介蟲敗穀
戎兵乃來行春令則其國乃旱陽氣復還五穀無實
行夏令則多火災寒暑不節民多瘧疾七月官庫
其樹楝仲秋之月招搖指酉昏牽牛中旦觜巂中其
位西方其日庚辛其蟲毛其音商律中南呂其數九
其味辛其臭腥其祀門祭先肝涼風至候雁來玄鳥
歸群鳥翔天子衣白衣乘白駱服白玉建白旗食麻

與犬服八風水爨柘燧火西宮御女白色衣白采撞
白鐘其兵戈其畜犬朝於總章太廟命有司申嚴百
刑斬殺必當無或枉橈決獄不當反受其殃是月也
養長老授几杖行稃鬻飲食乃命宰祝行犧牲芻
豢視肥臞全粹察物色課比類量小大視長短莫不
中度天子乃儺以御秋氣以犬麻先薦寢廟是月可
以築城郭建都邑穿竇窖修囷倉乃命有司趣民收
斂畜采多積聚勸種宿麥若或失時行罪無疑是月
也雷乃始收蟄蟲培戶殺氣浸盛陽氣日衰水始涸

仲秋行春令卯木之氣所損行夏令午火之氣所傷行冬令子水之氣所泄

日夜分一度量平權衡正鈞石角斗稱理關市來商旅入貨財以便民事四方來集遠方皆至財物不匱上無乏用百事乃遂仲秋行春令則秋雨不降草木生榮國有大恐行夏令則其國乃旱蟄蟲不藏五穀皆復生行冬令則風災數起收雷先行草木早死八月官尉其樹柘季秋之月招搖指戌昏虛中旦柳中其位西方其日庚辛其蟲毛其音商律中無射其數九其味辛其臭腥其祀門祭先肝候鴈來賓雀入大水爲蛤菊有黄華豺乃祭獸戮禽天子衣白衣乘白駱服白玉建白旗食麻與犬服八風水爨柘燧火西宮御女白色衣白采撞白鐘其兵戈其畜犬朝於總章右个命有司申嚴號令百官貴賤無不務入以會天地之藏無有宣出乃命冢宰農事備收舉五穀之要藏帝籍之收於神倉是月也霜始降百工休乃命有司曰寒氣總至民力不堪其皆入室上下入學習吹大饗帝嘗犧牲合諸侯制百縣爲來歲受朔日與諸侯所稅於民輕重之法貢歲之數以遠近土地所宜爲度乃教於田獵以習五戎命太僕及七騶咸駕

季秋行夏令未土之氣所應行冬令丑土之氣所應行春令辰土之氣所應

順水德而尚固守

戴荏授車以級皆正設於屏外司徒搢朴北嚮以贊之天子乃厲服廣飾執弓操矢以獵命主祠祭禽四方是月草木黃落乃伐薪爲炭蟄蟲咸俛乃趣獄刑毋留有罪收祿秩之不當供養之不宜者通路除道從境始至國而後已是月天子乃以犬嘗麻先薦寢廟季秋行夏令則其國大水冬藏殃敗民多鼽窒行冬令則國多盜賊邊境不寧土地分裂行春令則煖風來至民氣解墮師旅並興九月官候其樹槐孟冬之月招搖指亥昏危中旦七星中其位北方其日壬

癸盛德在水其蟲介其音羽律中應鍾其數六其味鹹其臭腐其祀井祭先腎水始冰地始凍雉入大水爲蜃虹藏不見天子衣黑衣乘玄驪服玄玉建玄旗食黍與彘服八風水爨松燧火北宮御女黑色衣黑采擊磬石其兵鎩其畜彘朝於玄堂左个以出冬令命有司修羣禁禁外徙閉閭大搜客斷罰刑殺當罪阿上亂法者誅立冬之日天子親率三公九卿大夫以迎歲於北郊還乃賞死事存孤寡是月命太祝禱祀神位占龜策審封兆以察吉凶於是天子始裘命

孟冬行春令寅木之氣所泄行夏令巳火之氣所損

行秋令申金之氣所泄

百官謹蓋藏命司徒行積聚修城郭警門閭修楗閉愼管籥固封璽修邊境完要塞絕蹊徑飾喪紀審棺槨衣衾之薄厚營丘壟之小大高庳使貴賤卑尊各有等級是月也工師效功陳祭器案度呈堅致爲上工事苦慢作爲淫巧必行其罪是月也大飲蒸天子祈來年於天宗大禱祭於公社畢饗先祖勞農夫以休息之命將率講武肄射御角力勁乃命水虞漁師收水泉池澤之賦毋或侵牟孟冬行春令則凍閉不密地氣發泄民多流亡行夏令則多暴風方冬不寒

蟄蟲復出行秋令則雪霜不時小兵時起土地侵削十月官司馬其樹檀仲冬之月招搖指子昏壁中旦軫中其位北方其日壬癸其蟲介其音羽律中黃鍾其數六其味鹹其臭腐其祀井祭先腎冰益壯地始拆鶡鴠不鳴虎始交天子衣黑衣乘鐵驪服玄玉建玄旗食黍與彘服八風水爨松燧火北宮御女黑色衣黑采擊磬石其兵鎩其畜彘朝於玄堂太廟命有司曰土事無作無發室居及起大衆是謂發天地之藏諸蟄則死民必疾疫有隨以喪急捕盜賊誅淫泆

仲冬行夏令午火之氣所克行秋令酉金之氣所泄行春令卯木之氣所泄

詐僞之人命曰暢月命奄尹申宮令審門閭謹房室必重閉省婦事乃命大酋秫稻必齊麴蘖必時湛熺必潔水泉必香陶器必良火齊必得無有差忒天子乃命有司祀四海大川名澤是月也農有不收藏積聚牛馬畜獸有放失者取之不詰山林藪澤有能取疏食田獵禽獸者野虞教導之其有相侵奪罪之不赦是月也日短至陰陽爭君子齋戒處必掩身欲靜去聲色禁嗜欲寧身體安形性是月也荔挺出芸始生丘螾結麋角解水泉動則伐樹木取竹箭罷官之

無事器之無用者涂闕庭門閭築囹圄所以助天地之閉仲冬行夏令則其國乃旱氛霧冥冥雷乃發聲行秋令則其時雨水瓜瓠不成國有大兵行春令則蟲螟爲敗水泉咸竭民多疾癘十一月官都尉其樹棗季冬之月招搖指丑昏婁中旦氐中其位北方其日壬癸其蟲介其音羽律中大呂其數六其味鹹其臭腐其祀井祭先腎鴈北鄉鵲如巢雉雊雞呼卵天子衣黑衣乘鐵驪服玄玉建玄旗食麥與彘服八風水爨松燧火北宮御女黑色衣黑采擊磬石其兵鎩

季冬行秋令戌土之氣所應行春令辰土之氣所應行夏令未土之氣所應

五位之極其氣與中土異故更隨地制令

其畜彘朝於玄堂右个命有司大儺旁磔出土牛命漁師始漁天子親往射漁先薦寢廟令民出五種令農計耦耕事修耒耜具田器命樂師大合吹而罷乃命四監收秩薪以供寢廟及百祀之薪燎是月也日窮於次月窮於紀星周於天歲將更始令靜農民無有所使天子乃與公卿大夫飭國典論時令以待嗣歲之宜乃命太史次諸侯之列賦之犧牲以供皇天上帝社稷之芻享乃命同姓女國供寢廟之芻豢卿士大夫至於庶民供山林名川之祀季冬行秋令則

白露早降介蟲爲祆四鄙入保行春令則胎夭傷國多痼疾命之曰逆行夏令則水潦敗國時雪不降冰凍消釋十二月官獄其樹櫟五位東方之極自碣石山過朝鮮貫大人之國東至日出之次扶榑木之地青土樹木之野太皞句芒之所司者萬二千里其令曰挺羣禁開閉闔通窮室達障塞行優游棄怨惡解役罪免刑開關梁宣出財和外怨撫四方行柔惠止剛強南方之極自北戶孫之外貫顓頊之國南至委火炎風之野赤帝祝融之所司者萬二千里其令曰

爵有德賞有功惠賢良救饑渴舉力農賑貧窮惠孤寡憂罷疾出大祿行大賞起毀宗立無後封建侯立賢輔中央之極自崑崙東絕兩恒山日月之所道江漢之所出衆民之野五穀之所宜龍門河濟相貫以息壤堙洪水之州東至於碣石黃帝后土之所司者萬二千里其令曰平而不阿明而不苛包裹覆露無不囊懷溥氾無私正靜以和行稃鬻養老衰弔死問疾以送萬物之歸西方之極自崑崙絕流沙沈羽西至三危之國石城金室飲氣之民不死之野少皞蓐

收之所司者萬二千里其令曰審用法誅必辜備盜賊禁姦邪飾羣牧謹著聚修城郭補決竇塞蹊徑遏溝瀆止流水壅谿谷守門閭陳兵甲選百官誅不法北方之極自九澤窮夏晦之極北至令正之谷有凍寒積冰雪雹霜霰漂潤羣水之野顓頊玄冥之所司者萬二千里其令曰申羣禁固閉藏修障塞繕關梁禁外徙斷罰刑殺當罪閉關閭大搜客止交游禁夜樂蚤閉晏開以塞姦人已得執之必固天節已幾刑殺無赦雖有盛尊之親斷以法度毋行水毋發藏毋

六度語甚遒古

釋罪六合孟春與孟秋爲合仲春與仲秋爲合季春與季秋爲合孟夏與孟冬爲合仲夏與仲冬爲合季夏與季冬爲合孟春始贏孟秋始縮仲春始出仲秋始內季春大出季秋大內孟夏始緩孟冬始急仲夏至修仲冬至短季夏德畢季冬刑畢故正月失政七月涼風不至二月失政八月雷不藏三月失政九月不下霜四月失政十月不凍五月失政十一月蟄蟲冬出其鄉六月失政十二月草木不脫七月失政正月大寒不解八月失政二月雷不發九月失政三月

春風不濟十月失政四月草木不實十一月失政五月下雹霜十二月失政六月五穀疾狂春行夏令泄行秋令水行冬令肅夏行春令風行秋令蕪行冬令格秋行夏令華行春令榮行冬令耗冬行春令泄行夏令旱行秋令霧製度陰陽大制有六度天爲繩地爲準春爲規夏爲衡秋爲矩冬爲權繩者所以繩萬物也準者所以準萬物也規者所以員萬物也衡者所以平萬物也矩者所以方萬物也權者所以權萬物也繩之爲度也直而不爭修而不窮久而不弊遠

而不忘與天合德與神合明所欲則得所惡則亡自古及今不可移匡厥德孔密廣大以容是故上帝以爲物宗準之爲度也平而不險巧而不阿廣大以容寬裕以和柔而不剛銳而不挫流而不滯易而不穢發通而有紀周密而不泄準平而不失萬物皆平民無險謀怨惡不生是故上帝以爲物平規之爲度也轉而不復員而不垸優而不縱廣大以寬感動有理發通有紀優優簡簡百怨不起規度不失生氣乃理衡之爲度也緩而不後平而不怨施而不德弔而不

責常平民祿以繼不足敦敦陽陽唯德是行養長化育萬物蕃昌以成五穀以實封疆其政不失天地乃明矩之爲度也肅而不悖剛而不憒取而無怨內而無害威厲而不懾令行而不廢殺伐既得仇敵乃克矩正不失百誅乃服權之爲度也急而不贏殺而不割充滿以實周密而不泄敗物而弗取罪殺而不赦誠信以必堅慤以固糞除苛慝不可以曲故冬正將行必弱以強必柔以剛權正而不失萬物乃藏明堂之制靜而法準動而法繩春治以規秋治以矩冬治

以權。夏治以以衡。是故燥溼寒暑以節至。甘雨膏露以時降。

張賓王曰時則訓掇之呂覽然寖失故武後段六制雜出韻語詞旨遒質

覽冥語摭拾異典臚綴而古今異類之神怪者如觀牛渚之燃犀足當遊神玄覽之一助

張賓王曰警悚

淮南鴻烈解卷六

覽冥訓

昔者師曠奏白雪之音而神物爲之下降風雨暴至平公癃病晉國赤地庶女叫天雷電下擊景公臺隕支體傷折海水大出夫瞽師庶女位賤尚葈權輕飛羽然而專精厲意委務積神上通九天激厲至精由此觀之上天之誅也雖在壙虛幽閒遼遠隱匿重襲石室界障險阻其無所逃之亦明矣武王伐紂渡於孟津陽侯之波逆流而擊疾風晦冥人馬不相見於

是武王左操黃鉞右秉白旄瞋目而撝之曰余任天下誰敢害吾意者於是風濟而波罷魯陽公與韓搆難戰酣日暮援戈而撝之日爲之退三舍夫全性保眞不虧其身遭急迫難精通於天若乃未始出其宗者何爲而不成夫死生同域不可脅陵勇武一人爲三軍雄彼直求名耳而能自要者尚猶若此又況夫宮天地懷萬物而友造化含至和直偶於人形觀九鑽一知之所不知而心未嘗死者乎昔雍門子以哭見於孟嘗君已而陳辭通意撫心發聲孟嘗君爲之

弋射微技而以知道術稱此亦莊生之寓言

張賓王曰上下感通之理博洽精微

東風至至此多言物類之相應玄妙深微

增欷歍唈流涕狼戾不可止精神形於內而外諭哀於人心此不傳之道使俗人不得其君形者而效其容必爲人笑故蒲且子之連鳥於百仞之上而詹何之鶩魚於大淵之中此皆得清淨之道太浩之和也夫物類之相應玄妙深微知不能論辯不能解故東風至而酒湛溢蠶咡絲而商絃絕或感之也畫隨灰而月運闕鯨魚死而彗星出或動之也故聖人在位懷道而不言澤及萬民君臣乖心則背譎見於天神氣相應徵矣故山雲草莽水雲魚鱗旱雲煙火涔雲

波水各象其形類所以感之夫陽燧取火於日方諸取露於月天地之間巧歷不能舉其數手徵忽怳不能覽其光然以掌握之中引類於太極之上而水火可立致者陰陽同氣相動也此傳說之所以騎辰尾也故至陰飂飂至陽赫赫兩者交接成和而萬物生焉衆雄而無雌又何化之所能造乎所謂不言之辯不道之道也故召遠者使無爲焉親近者使無事焉惟夜行者爲能有之故却走馬以糞而車軌不接於遠方之外是謂坐馳陸沈晝冥宵明以冬鑠膠以夏

物不可以輕重論應得失

之度深微窈冥

利害禍福不可求而得亦應深微窈冥

造氷夫道者無私就也無私去也能者有餘拙者不足順之者利逆之者凶譬如隋侯之珠和氏之璧得之者富失之者貧得失之度深微窈冥難以知論不可以辯說也何以知其然今夫地黄主屬骨而甘草主生肉之藥也以其屬骨責其生肉以其生肉論其屬骨是猶王孫綽之欲倍偏枯之藥而欲以生殊死之人亦可謂失論矣若夫以火能焦木也因使銷金則道行矣若以磁石之能連鐵也而求其引瓦則難矣物固不可以輕重論也夫燧之取火於日磁石之

引鐵蟹之敗漆葵之鄉日雖有明智弗能然也故耳目之察不足以分物理心意之論不足以定是非故以智爲治者難以持國唯通於太和而持自然之應者爲能有之故嶢山崩而薄落之水涸區冶生而淳鈞之劍成紂爲無道左強在側太公並世故武王之功立由是觀之利害之路禍福之門不可求而得也夫道之與德若韋之與革遠之則邇近之則不得其道若觀儵魚故聖若鏡不將不迎應而不藏故萬化而無傷其得之乃失之其失之非乃得之也今夫

淮南文往往即喻上轉喻若纍層臺而此篇尤勝

調弦者叩宫宫應彈角角動此同聲相和者也夫有改調一弦其於五音無所比鼓之而二十五弦皆應此未始異於聲而音之君已形也故通於太和者惛若純醉而甘卧以游其中而不知其所由也純溫以淪鈍悶以終若未始出其宗是謂大通今夫赤螭青虯之游冀州也天清地定毒獸不作飛鳥不駭入榛薄食薦梅噆味含甘步不出頃畝之區而蛇鱓輕之以爲不能與之爭於江海之中若乃至於玄雲之素朝陰陽交爭降扶風雜凍雨扶搖而登之威動天地

聲震海內蛇鱓著泥百仞之中熊羆匍匐丘山磛巖虎豹襲穴而不敢咆猨狖顛蹶而失木枝又況直蛇鱓之類乎鳳凰之翔至德也雷霆不作風雨不興川谷不澹草木不搖而燕雀佼之以爲不能與之爭於宇宙之間還至其曾逝萬仞之上翺翔四海過崑崙之疏圃飲砥柱之湍瀨邅回蒙汜之渚尚佯冀州之際徑蹈都廣入日抑節羽翼弱水暮宿風穴當此之時鴻鵠鶬鶴莫不憚驚伏竄注喙江裔又況直燕雀之類乎此明於小動之迹而不知大節之所由者也

小動之迹乃王良造父之

御大節之所内即鉗且大丙之御小動惟任智巧大節則通於太和

昔者王良造父之御也上車攝轡馬爲整齊而斂諧投足調均勞逸若一心怡氣和體便輕畢安勞樂進馳騖若滅左右若鞭周旋若環世皆以爲巧然未見其貴者也若夫鉗且大丙之御除轡御去鞭棄策車莫動而自舉馬莫使而自走也日行月動星燿而玄運電奔而鬼騰進退屈伸不見朕垠故不招指不咄叱過歸鴈於碣石軼鶤鷄於姑餘騁若飛騖若絶縱矢躡風追猋歸忽朝發榑桑日入落棠此假弗用而能以成其用者也非慮思之察手爪之巧也嗜欲形

於胸中而精神踰於六馬此以弗御御之者也昔者黄帝治天下而力牧太山稽輔之以治日月之行律治陰陽之氣節四時之度正律歷之數別男女異雌雄明上下等貴賤使強不掩弱衆不暴寡人民保命而不夭歲時熟而不凶百官正而無私上下調而無尤法令明而不闇輔佐公而不阿田者不侵畔漁者不爭隈道不拾遺市不豫賈城郭不關邑無盜賊鄙旅之人相讓以財狗彘吐菽粟於路而無忿爭之心於是日月精明星辰不失其行風雨時節五穀登熟

極力形容愽士家採入時

藝中則富麗極矣

力牧山稽之未及虙戲氏者以其猶任智故而未通於道德也

虎狼不妄噬鷙鳥不妄搏鳳凰翔於庭麒麟游於郊青龍進駕飛黃伏皁諸北儋耳之國莫不獻其貢職然猶未及虙戲氏之道也往古之時四極廢九州裂天不兼覆地不周載火爁炎而不滅水浩洋而不息猛獸食顓民鷙鳥攫老弱於是女媧鍊五色石以補蒼天斷鼇足以立四極殺黑龍以濟冀州積蘆灰以止淫水蒼天補四極正淫水涸冀州平狡蟲死顓民生背方州抱圓天和春陽夏殺秋約冬枕方寢繩陰陽之所壅沈不通者竅理之逆氣戾物傷民厚積者

詳虙戲氏之道

絕止之當此之時臥倨倨興眄眄一自以爲馬一自以爲牛其行蹎蹎其視瞑瞑侗然皆得其和莫知所由生浮游不知所求魍魎不知所往當此之時禽獸蝮蛇無不匿其爪牙藏其螫毒無有攫噬之心考其功烈上際九天下契黃壚名聲被後世光暉重萬物乘雷車服駕應龍驂青虯援絕瑞席蘿圖黃雲絡前白螭後奔蛇浮游消搖道鬼神登九天朝帝於靈門宓穆休於太祖之下然而不彰其功不揚其聲隱眞人之道以從天地之固然何則道德上通而智故消

言夏桀不及虙戲之世

夏桀之世有亂徵無亂形至七國則日尋甲卒扶傷載道以其時各制法任力之極而不可止也

滅也逮至夏桀之時主闇晦而不明道瀾漫而不修棄捐五帝之恩刑推蹶三王之法籍是以至德滅而不揚帝道掩而不興舉事戾蒼天發號逆四時春秋縮其和天地除其德仁君處位而不安大夫隱道而不言羣臣準上意而懷當疏骨肉而自容邪人參耦比周而陰謀居君臣父子之間而競載驕主而像其意亂人以成其事是故君臣乖而不親骨肉疏而不附植社槁而坼裂容臺振而掩覆犬羣嘷而入淵豕銜蓐而席澳美人挐首墨面而不容曼聲吞炭內閉

而不歌喪不盡其哀獵不聽其樂西姥折勝黃神嘯吟飛鳥鎩翼走獸廢腳山無峻榦澤無洼水狐狸首穴馬牛放失田無立禾路無莎蘋金積折廉璧襲無理磬龜無腹蓍策日施晚世之時七國異族諸侯制法各殊習俗縱橫間之舉兵而相角攻城濫殺覆高危安掘墳墓揚人骸大衝車高重京除戰道便死路犯嚴敵殘不義百往一反名聲苟盛也是故質壯輕足者為甲卒千里之外家老羸弱悽愴於內廝徒馬圉輴車奉饟道路遼遠霜雪亟集短褐不完人羸車

鉗且大丙虙戲女媧總結前意其旨只在無爲故下遂言申韓商鞅之治不得其本

弊泥塗至膝相攜於道奮首於路身枕格而死所謂兼國有地者伏尸數十萬破車以千百數傷弓弩矛戟矢石之創者扶舉於路故世至於枕人頭食人肉菹人肝飲人血甘之芻豢故自三代以後者天下未嘗得安其情性而樂其習俗保其修命天而不夭於人虐也所以然者何也諸侯力征天下合而爲一家逮至當今之時天子在上位持以道德輔以仁義近者獻其智遠者懷其德拱揖指麾而四海賓服春秋冬夏皆獻其貢職天下混而爲一子孫相代此五帝之所以迎天德也夫聖人者不能生時時至而弗失也輔佐有能黜讒佞之端息巧辯之説除刻削之法去煩苛之事屏流言之迹塞朋黨之門消知能修太常隳肢體絀聰明大通混冥解意釋神漠然若無魂魄使萬物各復歸其根則是所修伏犧氏之迹而反五帝之道也夫鉗且大丙不施轡銜而以善御聞於天下伏戲女媧不設法度而以至德遺於後世何則至虛無純一而不嘬喋苛事也周書曰掩雉不得更順其風今若夫申韓商鞅之爲治也捽拔其根蕪棄

其本而不窮究其所由生何以至此也鑿五刑爲刻削乃背道德之本而爭於錐刀之末斬艾百姓殫盡太半而忻忻然常自以爲治是猶抱薪而救火鑿竇而出水夫井植生梓而不容甕潚植生條而不容舟不過三月必死所以然者何也皆狂生而無其本者也河九折注於海而流不絕者崑崙之輪也潦水不泄瀇瀁極望旬月不雨則涸而枯澤受瀷而無源者譬若羿請不死之藥於西王母姮娥竊以奔月悵然有喪無以續之何則不知不死之藥所由生也是故乞火不若取燧寄汲不若鑿井

申韓商鞅不知治之本耳

不知不死之藥所由生其於喪亡等也

張賓王曰此篇論天人之應而終之以道德爲本蓋道德刑罰乘和相應也弟不屑屑相照耳

通篇類養生家言其詞多襲老莊而於性命之秘旻猶未盡澈學者以悟真篇參之方有究竟

淮南鴻烈解卷七

精神訓

古未有天地之時惟像無形窈窈冥冥芒芠漠閔澒濛鴻洞莫知其門有二神混生經天營地孔乎莫知其所終極滔乎莫知其所止息於是乃別爲陰陽離爲八極剛柔相成萬物乃形煩氣爲蟲精氣爲人是故精神天之有也而骨骸者地之有也精神入其門而骨骸反其根我尚何存是故聖人法天順情不拘於俗不誘於人以天爲父以地爲母陰陽爲綱四時

爲紀天靜以清地定以寧萬物失之者死法之者生夫靜漠者神明之宅也虛無者道之所居也是故或求之於外者失之於內有守之於內者失之於外譬猶本與末也從本引之千枝萬葉莫得不隨也夫精神者所受於天也而形體者所稟於地也故曰一生二二生三三生萬物萬物背陰而抱陽沖氣以爲和故曰一月而膏二月而胅三月而胎四月而肌五月而筋六月而骨七月而成八月而動九月而躁十月而生形體以成五臟乃形是故肺主目腎主鼻膽主

盛言保其精神之益紫霄真人云含之則為元精用之則為萬灵可為印證

口肝主耳外為表而內為裏開閉張歙各有經紀故頭之圓也象天足之方也象地天有四時五行九解三百六十六日人亦有四支五藏九竅三百六十六節天有風雨寒暑人亦有取與喜怒故膽為雲肺為氣肝為風腎為雨脾為雷以與天地相參也而心為之主是故耳目者日月也血氣者風雨也日中有踆烏而月中有蟾蜍日月失其行薄蝕無光風雨非其時毀折生災五星失其行州國受殃夫天地之道至紘以大尚猶節其章光愛其神明人之耳目曷能久

熏勞而不息乎精神何能久馳騁而不既乎是故血氣者人之華也而五藏者人之精也夫血氣能專於五藏而不外越則胷腹充而嗜慾省矣胷腹充而嗜慾省則耳目清聽視達矣耳目清聽視達謂之明五藏能屬於心而無乖則敦志勝而行不僻矣敦志勝而行之不僻則精神盛而氣不散矣精神盛而氣不散則理理則均均則通通則神神則以視無不見以聽無不聞也以為無不成也是故憂患不能入也而邪氣不能襲故事有求之於四海之外而不能遇或

此精神外淫之害

張賓王曰精暢

守之於形骸之內而不見也故所求多者所得少所見大者所知小夫孔竅者精神之戶牖也而氣志者五藏之使候也耳目淫於聲色之樂則五藏搖動而不定矣五藏搖動而不定則血氣滔蕩而不休矣血氣滔蕩而不休則精神馳騁於外而不守矣精神馳騁於外而不守則禍福之至雖如丘山無由識之矣使耳目精明玄達而無誘慕氣志虛靜恬愉而省嗜慾五藏定寧充盈而不泄精神內守形骸而不外越則望於往世之前而視於來事之後猶未足爲也豈

直禍福之間哉故曰其出彌遠者其知彌少以言夫精神之不可使外淫也是故五色亂目使目不明五聲譁耳使耳不聰五味亂口使口爽傷趣舍滑心使行飛揚此四者天下之所養性也然皆人累也故曰嗜慾者使人之氣越而好憎者使人之心勞弗疾去則志氣日耗夫人之所以不能終其壽命而中道夭於形戮者何也以其生生之厚夫惟能無以生爲者則所以脩得生也夫天地運而相通萬物總而爲一能知一則無一之不知也不能知一則無一之能知

絞經爲福爲休息讀之慨然人世之感

也譬吾處於天下也亦爲一物矣不識天下之以我備其物與且惟無我而物無不備者乎然則我亦物也物亦物也物之與物也有何以相物也雖然其生我也將以何益其殺我也將以何損夫造化者既以我爲坯矣將無所違之矣吾安知夫刺灸而欲生者之非惑也又安知夫絞經而求死者之非福也或者生乃徭役也而死乃休息也天下茫茫孰知之哉其生我也不彊求已其殺我也不彊求止欲生而不事憎死而不辭賤之而弗憎貴之而弗喜隨其天資而

張賓王曰達者之言

埏埴汲水二喻總見生死之不足喜憎應前生何益死何損其文勢烟波嫋娜

安之不極吾生也有七尺之形吾死也有一棺之土吾生之比於有形之類猶吾死之淪於無形之中也然則吾生也物不以益衆吾死也土不以加厚吾又安知所喜憎利害其間者乎夫造化者之攫援物也譬猶陶人之埏埴也其取之地而已爲盆盎也與其未離於地也無以異其已成器而破碎漫瀾而復歸其故也與其爲盆盎亦無以異矣夫臨江之鄉居人汲水以浸其園江水弗憎也苦洿之家決洿而注之江洿水弗樂也是故其在江也無以異其浸園也其在

聖人之養神如此

眞人之養神如此

滂也亦無以異其在江也是故聖人因時以安其位當世而樂其業夫悲樂者德之邪也而喜怒者道之過也好憎者心之暴也故曰其生也天行其死也物化靜則與陰俱閉動則與陽俱開精神澹然無極不與物散而天下自服故心者形之主也而神者心之寶也形勞而不休則蹶精用而不已則竭是故聖人貴而尊之不敢越也夫有夏后氏之璜者匣匱而藏之寶之至也夫精神之可寶也非直夏后氏之璜也是故聖人以無應有必究其理以虛受實必窮其節

恬愉虛靜以終其命是故無所甚疏而無所甚親抱德煬和以順於天與道爲際與德爲隣不爲福始不爲禍先魂魄處其宅而精神守其根死生無變於已故曰至神所謂眞人者性合於道也故有而若無實而若虛處其一不知其二治其內不識其外明白太素無爲復樸體本抱神以游於天地之樊芒然仿佯於塵垢之外而消搖於無事之業浩浩蕩蕩乎機械之巧弗載於心是故死生亦大矣而不爲變雖天地覆育亦不與之抮抱矣審乎無瑕而不與物糅見事

張賓王曰意適文酣

之亂而能守其宗若然者正肝膽遺耳目心志專於内通達耦於一居不知所爲行不知所之渾然而往逯然而來形若槁木心若死灰忘其五藏損其形骸不學而知不視而見不爲而成不治而辨感而應迫而動不得已而往如光之燿如景之放以道爲紃有待而然抱其太清之本而無所容與而物無能營廓惝而虛清靖而無思慮天澤焚而不能熱河漢涸而不能寒也大雷毀山而不能驚也大風晦日而不能傷也是故視珍寶珠玉猶石礫也視至尊窮寵猶行

此一段其言恍忽虛幻令人窅無入手處

客也視毛嬙西施猶顛醜也以死生爲一化以萬物爲一方同精於太清之本而游於忽區之旁有精而不使有神而不行契太渾之樸而立至清之中是故其寢不夢其智不萌其魄不抑其魂不騰反復終始不知其端緒甘瞑太宵之宅而覺視於昭昭之宇休息於無委曲之隅而游敖於無形埒之野居而無容處而無所其動無形其靜無體存而若亡生而若死出入無間役使鬼神淪於不測入於無間以不同形相嬗也終始若環莫得其倫此精神之所以能登假

輕天下細萬物齊死生同變化自是養神上來數句何等胸襟何等識量

堯乃輕天下者

於道也是故眞人之所游若吹呴呼吸吐故內新熊經鳥伸鳧浴蝯躩鴟視虎顧是養形之人也不以滑心使神滔蕩而不失其充日夜無傷而與物爲春則是合而生時於心也且人有戒形而無損於心有綴宅而無耗精夫癩者趨不變狂者形不虧神將有所遠徙孰暇知其所爲故形有摩而神未嘗化者以不化應化千變萬抮而未始有極化者復歸於無形也不化者與天地俱生也夫木之死也青青去之也夫使木生者豈木也猶充形者之非形也故生生者未

嘗死也其所生則死矣化物者未嘗化也其所化則化矣輕天下則神無累矣細萬物則心不惑矣齊死生則志不懾矣同變化則明不眩矣衆人以爲虛言吾將舉類而實之人之所以樂爲人主者以其窮耳目之欲而適躬體之便也今高臺層榭人之所麗也而堯樸桷不斲素題不枅珍怪奇味人之所美也而堯糲粢之飯藜藿之羹文繡狐白人之所好也而堯布衣揜形鹿裘御寒養性之具不加厚而增之以任重之憂故舉天下而傳之於舜若解重負然非直辭

禹乃細萬物者

壺子乃齊死生者

子求乃同變化者

輕細齊同四字俱下得有深味觀堯禹等事自明從此悟入亦不二法門矣至人即上堯禹等人其精神凝聚胸中別有一般境界

讓誠無以爲也此輕天下之具也禹南省方濟於江黃龍負舟舟中之人五色無主禹乃熙笑而稱曰我受命於天竭力而勞萬民生寄也死歸也何足以滑和視龍猶蝘蜓顏色不變龍乃弭耳掉尾而逃禹之視物亦細矣鄭之神巫相壺子林見其徵告列子列子行泣報壺子壺子持以天壤名實不入機發於踵壺子之視死生亦齊矣子求行年五十有四而病傴僂脊管高於頂腸下迫頤兩脾在上燭營指天匍匐自闚於井曰偉哉造化者其以我爲此拘拘邪此其

視變化亦同矣故覩堯之道乃知天下之輕也觀禹之志乃知天下之細也原壺子之論乃知死生之齊也見子求之行乃知變化之同也夫至人倚不拔之柱行不關之塗稟不竭之府學不死之師無往而不遂無至而不通生不足以挂志死不足以幽神屈伸俛仰抱命而婉轉禍福利害千變萬紾孰足以患心若此人者抱素守精蟬蛻蛇解游於太清輕舉獨往忽然入冥鳳凰不能與之儷而況斥鷃乎勢位爵祿何足以槩志也晏子與崔杼盟臨死地而不易其義

此一段先見小不知大者

張賓王曰此段語致尤覺娟娟奕奕

晏子殖華僅爲義者且不爲勢位爵祿所籠絡益見至人超然溷俗之上

殖華將戰而死莒君厚賂而止之不改其行故晏子可迫以仁而不可劫以兵殖華可止以義而不可縣以利君子義死而不可以富貴留也義爲而不可以死亡恐也彼則直爲義耳而尚猶不拘於物又況無爲者矣堯不以有天下爲貴故授舜公子札不以有國爲尊故讓位子罕不以玉爲富故不受寶務光不以生害義故自投於淵由此觀之至貴不待爵至富不待財天下至大矣而以與佗人身至親矣而棄之淵外此其餘無足利矣此之謂無累之人無累之人

不以天下爲貴矣上觀至人之論深原道德之意以下考世俗之行乃足羞也故通許由之意金縢豹韜廢矣延陵季子不受吳國而訟閒田者慙矣子罕不利寶玉而爭券契者媿矣務光不汚於世而貪利偷生者悶矣故不觀大義者不知生之不足貪也不聞大言者不知天下之不足利也今夫窮鄙之社也叩盆拊瓴相和而歌自以爲樂矣嘗試爲之擊建鼓撞巨鐘乃性仍仍然知其盆瓴之足羞也藏詩書修文學而不知至論之旨則拊盆叩瓴之徒也夫以天下

破陰墜陽內崩生狂此皆

根塵煎蕩其中而喜怒憂怖紛輪莫解可悲也

巖穴之休脩夜之寧此凝精存神者逍遙自在景象

爲者學之建皷矣尊勢厚利人之所貪也使之左據天下圖而右手刎其喉愚夫不爲由此觀之生尊於天下也聖人食足以接氣衣足以蓋形適情不求餘無天下不虧其性有天下不羨其和有天下無天下一實也今贛人敖倉予人河水饑而餐之渴而飲之其入腹者不過簞食瓢漿則身飽而敖倉不爲之減也腹滿而河水不爲之竭也有之不加飽無之不爲之饑與守其篅笸有其井一實也人大怒破陰大喜墜陽大憂內崩大怖生狂除穢去累莫若未始出其

宗乃爲大通清目而不以視靜耳而不以聽鉗口而不以言委心而不以慮棄聰明而反太素休精神而棄知故覺而若眛以生而若死終則反本未生之時而與化爲一體死之與生一體也今夫繇者揭钁臿負籠土鹽汗交流喘息薄喉當此之時得茠越下則脫然而喜矣巖穴之間非直越下之休也病疵瘕者捧心抑腹膝上叩頭踡跼而諦通夕不寐當此之時噲然得臥則親戚兄弟懽然而喜夫脩夜之寧非直一噲之樂也故知宇宙之大則不可劫以死生知養

牆之立不若僂冰之凝不若釋此清淨無爲而入至道之竟

生之和則不可縣以天下知未生之樂則不可畏以死知許由之貴於舜則不貪物牆之立不若其僂也又況不爲牆乎冰之凝不若其釋也又況不爲冰乎自無蹠有自有蹠無終始無端莫知其所萌非通於外內孰能無好憎無外之外至大也無內之內至貴也能知大貴何往而不遂衰世湊學不知原心反本直雕琢其性矯拂其情以與世交故目雖欲之禁之以度心雖樂之節之以禮趨翔周旋詘節卑拜肉凝而不食酒澄而不飲外束其形內總其德鉗陰陽之

和而迫性命之情故終身爲悲人達至道者則不然理性情治心術養以和持以適樂道而忘賤安德而志貧性有不欲無欲而不得心有不樂無樂而不爲無益於情者不以累德不便於性者不以滑和故縱體肆意而度制可以爲天下儀今夫儒者不本其所以欲而禁其所欲不原其所以樂而閉其所樂是猶決江河之源而障之以手也夫牧民者猶畜禽獸也不塞其囿垣使有野心系絆其足以禁其動而欲脩生壽終豈可得乎夫顏回季路子夏冉伯牛孔子之

顏淵季路子夏冉伯牛其夭死而雖失明而屬天厄之也謂迫性拂情此漢儒之駁

見儒者以刑禁人欲樂不若禁其欲樂之心應前原心反本

通學也然顏淵夭死季路菹於衛子夏失明冉伯牛爲厲此皆迫性拂情而不得其和也故子夏見曾子一臞一肥曾子問其故曰出見富貴之樂而欲之入見先王之道又說之兩者心戰故臞先王之道勝故肥推其志非能貪富貴之位不便侈靡之樂直宜迫性閉欲以義自防也雖情心鬱殪形性屈竭猶不得已自強也故莫能終其天年若夫至人量腹而食度形而衣容身而游適情而行餘天下而不貪委萬物而不利處大廓之宇游無極之野登太皇馮太一玩

天地於掌握之中夫豈爲貧富肥臞哉故儒者非能使人弗欲而能止之非能使人勿樂而能禁之夫使天下畏刑而不敢盜豈若能使無有盜心哉越人得髯蛇以爲上肴中國得而棄之無用故知其無所用貪者能辭之不知其無所用廉者不能讓也夫人主之所以殘亡其國家損棄其社稷身死於人手爲天下笑未嘗非爲非欲也夫仇由貪大鍾之賂而亡其國虞君利垂棘之璧而擒其身獻公豔驪姬之美而亂四世桓公甘易牙之和而不以時葬胡王淫女樂

冬箑夏裘此設爲外物無所用之喻人惟欲闢不破所以繫身入世路之羅網知其無用何煩惱罣礙之有

之娛而亡上地使此五君者適情辭餘以已爲度不隨物而動豈有此大患哉故射者非矢不中也學射者不治矢也御者非轡不行學御者不爲轡也知冬日之箑夏日之裘無用於已則萬物之變爲塵埃矣故以湯止沸沸乃不止誠知其本則去火而已矣

此篇立論多幻渺不相聯貫而其中亦自錦心繡腸囊括今古試採覽之以備經生言亦所稱鸞之千金也已

以下極言衰世機械巧作而以禽獸草木民生分次其禍

此禽獸之見禍於衰世

淮南鴻烈解卷八

本經訓

太清之始也和順以寂漠質眞而素樸閑靜而不躁推而無故在內而合乎道出外而調於義發動而成於文行快而便於物其言略而循理其行侻而順情其心愉而不僞其事素而不飾是以不擇時日不占卦兆不謀所始不議所終安則止激則行通體於天地同精於陰陽一和於四時明照於日月與造化者相雌雄是以天覆以德地載以樂四時不失其叙風雨不降其虐日月淑清而揚光五星循軌而不失其行當此之時玄元至碭而運照鳳麟至著龜兆甘露下竹實滿流黃出而朱草生機械詐僞莫藏於心逮至衰世鐫山石鍥金玉擿蚌蜃消銅鐵而萬物不滋刳胎殺夭麒麟不游覆巢毀卵鳳凰不翔鑽燧取火構木爲臺焚林而田竭澤而漁人械不足畜藏有餘而萬物不繁兆萌於卵胎而不成者處之太半矣積壤而丘處糞田而種穀掘地而井飮疏川而爲利築城而爲固拘獸以爲畜則陰陽繆戾四時失叙雷霆

此草木之禍見於衰世

此民生之禍見於衰世

毀折。雹霰降虐。氣霧雪霜不霽。而萬物燋夭。菑榛穢。
聚埒畝。芟野菼。長苗秀。草木之句萌。銜華戴實而死
者。不可勝數。乃至夏屋宮駕。縣聯房植。橑檐榱題。雕
琢刻鏤。喬枝菱阿。芙蓉芰荷。五采爭勝。流漫陸離。修
掞曲校。夭矯曾橈。芒繁紛挐。以相交持。公輸王爾。無
所錯其剞劂削鋸。然猶未能贍人主之欲也。是以松
栢菌露夏槁。江河三川。絕而不流。夷羊在牧。飛蛩滿
野。天旱地坼。鳳凰不下。句爪居牙。戴角出距之獸。於
是鷙矣。民之專室蓬廬。無所歸宿。凍餓饑寒。死者相

枕席也。及至分山川谿谷。使有壤界。計人多少衆寡。
使有分數。築城掘池。設機械險阻以爲備。飾職事。制
服等。異貴賤。差賢不肖。經誹譽。行賞罰。則兵革興而
分爭生。民之滅抑夭隱。虐殺不辜。而刑誅無罪。於是
生矣。天地之合和。陰陽之陶化萬物。皆乘一氣者也。
是故上下離心。氣乃上蒸。君臣不和。五穀不爲。距日
冬至四十六日。天含和而未降。地懷氣而未揚。陰陽
儲與。呼吸浸潭。包裹風俗。斟酌萬殊。旁薄衆宜。以相
嘔咐醞釀。而成育羣生。是故春肅秋榮。冬雷夏霜。皆

天地宇宙四句結上太清也始及衰世一段

論仁義礼樂起於衰世亦祖莊生蹩躠踶跂澶漫摘僻爲後不足行不足脩張本

賊氣之所生由此觀之天地宇宙一人之身也六合之內一人之制也是故明於性者天地不能脅也審於符者怪物不能惑也故聖人者由近知遠而萬殊爲一古之人同氣於天地與一世而優游當此之時無慶賀之利刑罰之威禮義廉耻不設毀譽仁鄙不立而萬民莫相侵欺暴虐猶在於混冥之中逮至衰世人衆財寡事力勞而養不足於是忿爭生是以貴仁仁鄙不齊比周朋黨設詐諝懷機械巧故之心而性失矣是以貴義陰陽之情莫不有血氣之感男女

羣居雜處而無別是以貴禮性命之情淫而相脅以不得已則不和是以貴樂是故仁義禮樂者可以救敗而非通治之至也夫仁者所以救爭也義者所以救失也禮者所以救淫也樂者所以救憂也神明定於天下而心反其初心反其初而民性善民性善而天地陰陽從而包之則財足而人贍矣貪鄙忿爭不得生焉由此觀之則仁義不用矣道德定於天下而民純樸則目不營於色耳不淫於聲坐俳而歌謠被髮而浮游雖有毛嬙西施之色不知悅也掉羽武象

未可與言至應前可以救敗而非通治之至

不知樂也。淫泆無別。不得生焉。由此觀之。禮樂不用也。是故德衰然後仁生。行沮然後義立。和失然後聲調。禮淫然後容飾。是故知神明然後知道德之不足爲也。知道德。然後知仁義之不足行也。知仁義。然後知禮樂之不足脩也。今背其本而求其末。釋其要而索之於詳。未可與言至也。天地之大。可以矩表識也。星月之行。可以歷推得也。雷震之聲。可以鼓鍾寫也。風雨之變。可以音律知也。是故大可覩者。可得而量也。明可見者。可得而蔽也。聲可聞者。可得而調也。色

可察者。可得而別也。夫至大天地弗能含也。至微神明弗能領也。及至建律歷。別五色。異清濁。味甘苦。則樸散而爲器矣。立仁義。脩禮樂。則德遷而爲僞矣。及僞之生也。飾智以驚愚。設詐以巧上。天下有能持之者。有能治之者也。昔者蒼頡作書。而天雨粟。鬼夜哭。伯益作井。而龍登玄雲。神棲崑崙。能愈多而德愈薄矣。故周鼎著倕。使銜其指。以明大巧之不可爲也。故至人之治也。心與神處。形與性調。靜而體德。動而理通。隨自然之性。而緣不得已之化。洞然無爲。而天下

以下堯舜湯武皆因世之災害而施其德者

自和憺然無欲而民自樸無機祥而民不夭不忿爭而養足兼包海內澤及後世不知為之者誰何是故生無號死無謚實不聚而名不立施者不德受者不讓德交歸焉而莫之充忍也故德之所總道弗能害也智之所不知辯弗能解也不言之辯不道之道若或通焉謂之天府取焉而不損酌焉而不竭莫知其所由出是謂瑤光瑤光者資糧萬物者也振困窮補不足則名生興利除害伐亂禁暴則功成世無災害雖神無所施其德上下和輯雖賢無所立其功昔容

成氏之時道路鴈行列處託嬰兒於巢上置餘糧於畮首虎豹可尾虺蛇可蹍而不知其所由然逮至堯之時十日並出焦禾稼殺草木而民無所食猰貐鑿齒九嬰大風封豨脩蛇皆為民害堯乃使羿誅鑿齒於疇華之野殺九嬰於凶水之上繳大風於青丘之澤上射十日而下殺猰貐斷脩蛇於洞庭擒封豨於桑林萬民皆喜置堯以為天子於是天下廣陝險易遠近始有道里舜之時共工振滔洪水以薄空桑龍門未開呂梁未發江淮通流四海溟涬民皆上丘陵

有賢聖之名必遭亂世之患結前堯舜湯武數伐事

體太一法陰陽則四時用六律政道之所一體而德之所總要處

赴樹木舜乃使禹疏三江五湖闢伊闕導廛澗平通溝陸流注東海鴻水漏九州乾萬民皆寧其性是以稱堯舜以爲聖晚世之時帝有桀紂爲琁室瑤臺象廊玉牀紂爲肉圃酒池燎焚天下之財罷苦萬民之力刳諫者剔孕婦攘天下虐百姓於是湯乃以革車三百乘伐桀於南巢放之夏臺武王甲卒三千破紂牧野殺之於宣室天下寧定百姓和集是以稱湯武之賢由此觀之有賢聖之名者必遭亂世之患也今至人生亂世之中含德懷道抱無窮之智鉗口寢說

遂不言而死者衆矣然天下莫知貴其不言也故道可道非常道名可名非常名著於竹帛鏤於金石可傳於人者其粗也五帝三王殊事而同指異路而同歸晚世學者不知道之所一體德之所總要取成之迹相與危坐而説之鼓歌而舞之故博學多聞而不免於惑詩云不敢暴虎不敢馮河人知其一莫知其他此之謂也帝者體太一王者法陰陽霸者則四時君者用六律秉太一者牢籠天地彈壓山川含吐陰陽伸曳四時紀綱八極經緯六合覆露照導普汜無

此帝者體太一

此王者法陰陽

此霸者則四時

此君者用六律

私蠉飛蠕動莫不仰德而生陰陽者承天地之和形萬殊之體含氣化物以成埒類贏縮卷舒淪於不測終始虛滿轉於無原四時者春生夏長秋收冬藏取予有節出入有時開闔張歙不失其叙喜怒剛柔不離其理六律者生之與殺也賞之與罰也予之與奪也非此無道也故謹於權衡準繩審乎輕重足以治其境內矣是故體太一者明於天地之情通於道德之倫聰明燿於日月精神通於萬物動靜調於陰陽喜怒和於四時德澤施於方外名聲傳於後世法陰

陽者德與天地參明與日月並精與鬼神總戴圓履方抱表懷繩內能治身外能得人發號施令天下莫不從風則四時者柔而不脆剛而不鞼寬而不肆肅而不悖優柔委從以養羣類其德含愚而容不肖無所私愛用六律者伐亂禁暴進賢而廢不肖扶撥以爲正壞險以爲平矯枉以爲直明於禁舍開閉之道乘時因勢以服役人心也帝者體陰陽則侵王者法四時則削霸者節六律則辱君者失準繩則廢故小而行大則滔窕而不親大而行小則陿隘而不容貴

無故揷入眞人一段此漢儒不及整頓處

下五遁鋪張甚麗

賊不失其體而天下治矣天愛其精地愛其平人愛其情天之精日月星辰雷電風雨也地之平水火金木土也人之情思慮聰明喜怒也故閉四關止五遁則與道淪是故神明藏於無形精神反於至眞則目明而不以視耳聰而不以聽心條達而不以思慮委而弗爲和而弗矜眞性命之情而智故不得雜焉精泄於目則其視明在於耳則其聽聰留於口則其言當集於心則其慮通故閉四關則身無患百節莫苑莫死莫生莫虛莫盈是謂眞人凡亂之所由生者皆

在流遁流遁之所生者五大構駕興宮室延樓棧道雞棲井榦標株欂櫨以相支持木巧之飾盤紆刻儼嬴鏤雕琢詭文回波淌游瀷減菱杼紾抱芒繁亂澤巧僞紛挐以相摧錯此遁於木也鑿汙池之深肆畛崖之遠來谿谷之流飾曲岸之際積牒旋石以純修碕抑減怒瀨以揚激波曲拂邅回以像湡浯益樹蓮菱以食鱉魚鴻鵠鸛鷞稻粱饒餘龍舟鷁首浮吹以娛此遁於水也高築城郭設樹險阻崇臺榭之隆侈苑囿之大以窮要妙之望魏闕之高上際青雲大厦

天地之生財也又另生一意發下

增加擬於崑崙脩爲墻垣甬道相連殘高增下積土
爲山接徑歷遠直道夷險終日馳騖而無蹟蹈之患
此遁於土也大鐘鼎美重器華蟲流鏤以相繆紾寢
兕伏虎蟠龍連組焜昱錯眩照燿煇煌偃蹇蓼糾曲
成文章雕琢之飾鍛錫文鏡乍晦乍明抑微滅瑕霜
文沈居若簟籧篨纏錦經冗以數而疏此遁於金也
煎熬焚炙調齊和之適以窮荆吳甘酸之變焚林而
獵燒燎大木鼓橐吹埵以銷銅鐵靡流堅鍛無猒足
日山無峻幹林無柘梓燎木以爲炭燔草而爲灰野

莽白素不得其時上掩天光下殄地財此遁於火也
此五者一足以亡天下矣是故古者明堂之制下之
潤溼弗能及上之霧露弗能入四方之風弗能襲土
事不文木工不斲金器不鏤衣無隅差之削冠無觚
嬴之理堂大足以周旋理文靜潔足以享上帝禮鬼
神以示民知儉節夫聲色五味遠國珍怪瓌異奇物
足以變心易志搖蕩精神感動血氣者不可勝計也
夫天地之生財也本不過五聖人節五行則治不荒
凡人之性心和欲得則樂樂斯動動斯蹈蹈斯蕩蕩

飾喜飾哀飾怒諸兵俱所以節五行而治不荒者

末世不節五行故害治

思慕未絕下所謂喪之本

斯歌。歌斯舞。歌舞節。則禽獸跳矣。人之性。心有憂喪則悲。悲則哀。哀斯憤。憤斯怒。怒斯動。動則手足不靜。人之性。有侵犯則怒。怒則血充。血充則氣激。氣激則發怒。發怒則有所釋憾矣。故鐘鼓管簫。干鏚羽旄。所以飾喜也。衰經苴杖。哭踊有節。所以飾哀也。兵革羽旄。金鼓斧鉞。所以飾怒也。必有其質。乃爲之文。古者聖人在上。政教平。仁愛洽。上下同心。君臣輯睦。衣食有餘。家給人足。父慈子孝。兄良弟順。生者不怨。死者不恨。天下和洽。人得其願。夫人相樂。無所發貺。故聖

人爲之作樂以和節之。末世之政。田漁重稅。關市急征。澤梁畢禁。網罟無所布。耒耜無所設。民力竭於徭役。財用殫於會賦。居者無食。行者無糧。老者不養。死者不葬。贅妻鬻子。以給上求。猶弗能贍。愚夫惷婦。皆有流連之心。悽愴之志。乃使始爲之撞大鐘。擊鳴鼓。吹竽笙。彈琴瑟。失樂之本矣。古者上求薄而民用給。君施其德。臣盡其忠。父行其慈。子竭其孝。各致其愛而無憾恨其間。夫三年之喪。非强而致之。聽樂不樂。食旨不甘。思慕之心。未能絕也。晚世風流俗敗。嗜慾

處喪用兵應前而事親有道朝廷有容前未之見蓋古人文字有借賓形主之法

多禮義廢君臣相欺父子相疑怨尤充胷思心盡亡被衰戴絰戲笑其中雖致之三年失喪之本也古者天子一畿諸侯一同各守其分不得相侵有不行王道者暴虐萬民爭地侵壤亂政犯禁召之不至令之不行禁之不止誨之不變乃舉兵而伐之戮其君易其黨封其墓類其社卜其子孫以代之晩世務廣地侵壤并兼無已舉不義之兵伐無罪之國殺不辜之民絶先聖之後大國出攻小國城守驅人之牛馬傒人之子女毀人之宗廟遷人之重寶血流千里暴骸

滿野以贍貪主之欲非兵之所爲生也故兵者所以討暴非所以爲暴也樂者所以致和非所以爲淫也喪者所以盡哀非所以爲僞也故事親有道矣而愛爲務朝廷有容矣而敬爲上處喪有禮矣而哀爲主用兵有術矣而義爲本本立而道行本傷而道廢

張賓王曰講五道宏博典麗間入韻語可與子虛三都馳騁千古

